AF331371

L'AMOUR
GARDE DU CORPS.

AIR : *Ce mouchoir, belle Raimonde, &c.*

Il est des amours volages,
Il est des amours trompeurs,
Qui, sous diverses images,
Chaque jour dupent les cœurs ;
Mais l'amour tendre et sensible,
Qui chérit jusqu'à la mort,
A pris, pour signe infaillible,
L'habit de Garde du Corps. *Bis.*

Voyant l'Amour militaire,
Les imitateurs ingrats,
Pour lui déclarer la guerre,
Se sont enrôlés soldats ;
Mais l'Amour, jadis timide,
Ne tremble plus sur son sort ;
Il a pris, pour être Alcide,
L'habit de Garde du Corps. *Bis.*

Pour imirer la vaillance
Des vainqueurs de Fontenoi,
Dans les rangs, ce Dieu s'élance,
Pour défendre un si bon Roi.
Les esprits les plus rébelles
Croiront ce trait sans effort :
L'Amour portoit sur ses aîles
L'habit de Garde du Corps. *Bis.*

Le laurier de la victoire
Croît pour les Gardes d'Artois;
De l'honneur et de la gloire,
Ils sauront dicter les lois.
Comme eux, courageux et tendre,
Dans le plus parfait accord,
Tout bon Français devroit prendre
L'habit de Garde du Corps. *Bis.*

A la Cour, comme au village,
Chacun lui donne son cœur;
Il est le signe & le gage
De la gloire et de l'honneur.
Au Champ de Mars, à Cythère,
On répéte, avec transport,
Qu'il faut y porter, pour plaire,
L'habit de Garde du Corps. *Bis.*

CHANSON

Sur l'air : *Eh ! gai, gai, monsieur l'Officier.*

Eh ! gai, gai,
Messieurs les Français,
Pas tant d'impatience ;
Et des décrets,
Fraîchement faits,
Vous aurez à souhaits ;
Nous ne le cachons pas,
La bouillie pour les chats
Est ce qu'en conscience,
Ont produit nos sabats.

Mais gai, gai,
Messieurs les Français,
Pas tant d'impatience ;
Et des décrets,
Fraîchement faits,
Vous aurez à souhaits.

CHANSON

Sur l'air : *Va-t'en voir s'ils viennent, Jean*

Les Emigrés reviendront ;
  Croit-on qu'ils y tiennent ?
Pardon ils demanderont ;
  Heureux s'ils l'obtiennent !
Va-t'en voir s'ils viennent, Jean,
  Va-t'en voir s'ils viennent.

CHANSON BACHIQUE

D'UN SOLDAT,

SUR L'AIR D'UNE CONTRE-DANSE ALLEMANDE,

Ou : *Oui, j'aime à boire moi.*

Oui, je suis soldat moi,
Oui, pour ma patrie,
Pour ma Reine et pour mon Roi
Je donnerois ma vie.
  Du démagogue important,
Quand la fureur éclate,
Je n'en vais pas moins chantant :
Vive un aristocrate !

Oui, je suis soldat moi, etc.

  Au diable l'égalité,
Qui produit la misère,
Je n'en suis pas mieux traité,
Ni fils d'un autre père.

Oui, je suis soldat moi, etc.

Fı! de cette liberté,
Qui mène à la lanterne,
Qui détruit la royauté,
Et fait que l'on nous berne.

Oui, je suis soldat moi, etc.

Tous ces décrets si fameux,
Le diable les emporte,
Les assignats avec eux,
Suivis de leur escorte.

Oui, je suis soldat moi, etc.

Ma foi, vivent les lurons
Que Bouillé mène en guerre;
Ils ont fait, à des capons,
Retourner le derrière.

Oui, je suis soldat moi, ect.

Ah! périsse pour jamais
La coupable cohorte,
Qui du palais de nos Rois,
Osa briser la porte.

Oui, je suis soldat moi, etc.

(7)

Braves gardes, votre sort,
Que la vertu contemple,
Nous eût fait chercher la mort,
Dont vous donniez l'exemple.

Oui, je suis soldat moi, etc.

Peuple aveugle, à ton bonheur
Offrant cette hécatombe,
Tu semois, dans ta fureur,
Des lauriers sur leur tombe.

Oui, je suis soldat moi, etc.

O Louis! sans son égal,
Pour nous Roi plein de charmes,
Reprends ton bâton royal,
Ou nous brisons nos armes.

Oui, je suis soldat moi, etc.

Bon Roi! tu n'as qu'à parler,
Ton peuple te révère;
D'Orléans peut l'égarer,
Mais n'es-tu pas bon père.

Oui, je suis soldat moi, etc.

ALLONS, gai mes compagnons,
Battons une roulade ;
A la santé des Bourbons,
Faut boire une rasade.
Oui, je suis soldat moi, etc.

CHANSON

SUR L'AIR : *Ah! ça ira, &c.*

AH! ça ira, ça ira, ça ira,
La raison reprendra son empire ;
Ah! ça ira, ça ira, ça ira,
Jusqu'aux Jacobins, tout s'amendera.
Carra, Marat, Santerre l'on rouera,
Audouin, Gorsas on écartélera ;
Ah! ça ira, ça ira, ça ira.

Autre sur le même air.

AH! Jacobins, Jacobins, Jacobins,
Vous avez beau dire, écrire et faire :
Ah! Jacobins, Jacobins, Jacobins,
Vous y passerez l'un de ces matins.
Bravo! dira le peuple satisfait :
Hardi Sanson ! Morbleu que c'est bien fait!
Ah! Jacobins, Jacobins, Jacobins, &c.

ROMANCE

Sur l'air : *Charmante Gabrielle, &c.*

Plus n'ai de jouiſſance,
Amertume eſt en moi,
Depuis que vois ſouffrance
Affliger mon bon Roi.
Las! ce grand Roi de France,
    Tant révéré,
Aujourd'hui ſans puiſſance,
    Eſt délaiſſé.

En ſa fauſſe croyance,
Par les méchans trompé,
Ai vu peuple de France
Aux horreurs excité.
De bon il devient traître
    En un moment,
Et palais de ſon Maître
    Il teint de ſang.

FACTIEUX au carnage
Exercent leurs fureurs,
Et du Sire, en leur rage,
Occisent Servitéurs.
Veulent au Roi de France
    Trône ravir,
Et Reine sans défense
    Faire mourir.

⚜ ⚜
⚜

Au bord du précipice
Etoient mes Souverains ;
Mais Dieu dans sa justice
Sur eux étend les mains,
Il donne secourance
    A leur vertu ;
Mais, hélas ! leur puissance
    Ils ont perdu.

⚜ ⚜
⚜

FACTIEUX

FRANÇOIS, jadis fidèle,
Tu trahis donc ta foi!
Peuple ingrat & rebelle,
Quel mal a fait ton Roi?
Las! pour fa confiance
    Qu'il te donnoit,
Meilleure récompenfe
    Il méritoit.

DE Louis mon bon Sire
Quand l'hiftoire on lira,
A Henri qu'on admire
On le comparera:
Car tous deux par les crimes
    Perfécutés,
Furent tous deux victimes
    De leurs bontés.

CHANSON

Sur l'air : *Madame en entrant chez vous, l'on n'apperçoit que des fous.*

Voulez-vous, mes chers amis,
Voir la paix dans ce pays ?
Chassez-moi les Jacobins ;
  Que tous ces coquins   *bis*
Aillent rugir en enfer,
Présidés par Lucifer.

—

Ne parlez plus de motion,
Ni de constitution ;
Laissez les pétitions ;
  Plus de sections ;   *bis*
Sur-tout plus de nation,
Ce nom vous porte guignon.

V'LA C'TE CHANSON VÉRITABLE

PAR LAQUELLE ON PROUVE,

COMME QUOI

APRÈS LA PLUIE VIENT L'BEAU TEMS.

AIR: *Des Bonnes-Gens.*

J'ALLONS avoir la Guerre,
C'est un fléau que cela;
   Mais on dit qu'la misère
Ne peut finir que par-là.
Encor ce p'tit coup de tête,
Et ça n'dura pas long-temps,
Car bientôt suivra la fête,
   La fête des Bonnes-Gens.

Quand ces François d'Al'magne
S'ront de retour à Paris,
J'verrons l'pays d'Cocagne
Habiter notre pays,
Alors d'un' gaîté parfaite
Je chant'rons les Émigrans,
Qui prépareront la fête,
La fête des Bonnes-Gens,

Puis j'verrons l'abondance,
Et puis je r'verrons encor
Ce qu'on n'voit plus en France,
Les écus et les louis-d'or;
Gaîment je r'dress'rons la tête,
Parc' qué je s'rons tous contens,
Pour bien célébrer la fête,
La fête des Bonnes-Gens.

Not' Roi qu'est-en souffrance,
Voira finir son tourment;
Et lui seul dans la France
Aura le commandement.
Vous l'verrez, d'un air honnête,
V'nir nous dire : *mes enfans,*
Vous voir heureux c'est la fête,
La fête des Bonnes-Gens.

Et puis viendra la Reine,
Dans ses bras tenant l'Dauphin;
Elle a tant eu de peine,
Que ne r'connoîtrez son teint;
Mais drès qu'ell' s'ra satisfaite
D'nous voir heureux et contens,
Tout ça r'naîtra pour la fête,
La fête des Bonnes-Gens.

L'PEUPLE qu'a d'ia justice,
Et qui n'manque jamais d'cœur,
Alors voudra l'supplice
D'ceux qui l'ont mis dans l'erreur.
V'là qu'il court et qu'il arrête
Ces factieux si méchans,
Qui seuls ont troublés la fête,
La fête des Bonnes-Gens.

N'OT BON ROI zen personne,
Qui viendra pour les juger,
Dira : *je leur pardonne :*
Mon malheur sais oublier :
Mais lorsque la paix est faite,
Pour corriger ces méchans,
Montrons-leur de loin la fête,
La fête des Bonnes-Gens.